土偶の時間　人の時間

倉田武彦詩集

詩集　土偶の時間　人の時間　＊目次

I

＊

Ⅱ

Ⅲ

詩集　土偶の時間　人の時間

I

土偶の時間

土偶は想う
何を
時の永遠を

茫々と　飄々と
縄文に魂を込めた造形
いにしえ人の面影を
伝えて

何千年も
土に埋もれて
捨てられたのか
埋葬されたのか
時間のない世界だった
今びとの手で　掘り出された時から
土偶に新しい時間が始まった
日々の友は時間だろうか

世代を超えて
小さい姿で　時を眺めている

小さなひびき

こんにちは
お目覚めで

小さな　小さな　土偶
十五グラムのこんにちは

小さいくせに
胸の谷間は　一人前

今びとに
オーラを発して

一万三千年のかなたから
縄文のことばを秘めて

語っているのは
腰のくびれと　胸のふくらみ

鈴鹿山系　愛知《えち》川*に沿う
ささやかな集落

芸術家がいた　女人だろうか
さわやかな感度

手のひらの　あやしさ
指先の　しなやかさ
女人は　土をこねて
何を託したろ

手のひらに載せて
唄ったろうか　女のうたを

夕日が　琵琶湖に傾くころ
丘の上に　佇む

渓流からとどく

かすかな　ひびき
雲が行きかう
問答している

＊　愛知《えち》川　鈴鹿山脈の西側、琵琶湖に向かって流れる。
山脈の麓の相谷熊原遺跡から一万三千年前の土偶が出土。日本最古。

土偶

のっぺり顔
ちんきな顔

笑顔はない
おこった顔もない

目のあな　口のあなが
呪文を吐く

土偶は　秘密を
明かさない

おしりが　かくし笑い
下っ腹が　もえる

草原に沈めた
くさぐさの唄

森に　明日を想い
暗闇に　五感を澄ます

昼の秘めごと
夜の秘めごと

男と女は
火を絶やさなかった
吐き出す呪文　それは
縄文のかぎろい

尖石《とがりいし》遺跡

八ヶ岳の麓に広がる段丘　八千年前の遺跡を掘り起こすと
大きな石が現れた　先端が尖って時空を睨む　赤岳の尖りに
似て

石の側面の傷跡は　石鏃づくりの台石になっていたのか　黙
して語らず　男たちはここで道具を研いだのか　石は猟に出
かける男たちの　眼を見つめる

石に耳を傾け　大地や川のことばを聞いて　男は呪文を唱

え　森へ向かう　川へ向かう　獲物をもとめて　いのちの綱渡り　手ぶらでは　帰れない

女は土に温みを求めていた　土偶を焼き上げるとき　土の肌が輝くことを知った　指先がいのちをつくる　喜びをつくる　胸のふくらみ　腰のくびれ　股間に迫力　土偶は女人の祈り

時には　森に入って栗をひろう　渓流に水を求め　小鳥と語らった　縄文人の感性を育んだもの　それは　幾重にも重なって広がる　段丘と森の潤い

赤岳が光をはねる　土偶のまるみと　尖石の鋭角が共鳴して　数千年の喜怒哀楽を　森に閉じ込めた　縄文人がたむろ

時を止めて
静かに
竪穴住居の跡が
する

八ヶ岳の西南麓には、縄文時代の集落が点在した。
赤岳は八ヶ岳の中の最高峰、尖った山容をなす。

土版

陳列ケースの中
刻まれた文様に視線がとまった
線描に
縄文人の心が生きている

粘土に向かって
祈った　訴えた
ホモ・サピエンスに宿った
感性の源流

単純さの迫力
隆線　沈線　曲線　渦巻き
奔放な躍動
線描が
四千年の歳月を越えて
心と技を伝えてくる

人間は
体毛を失ったとき
動物の毛皮の文様に魔力をみた
線描は裸人間の呪言
いのちの憑代

小さな土版が
不思議なオーラを放っている

一万年のこんにちは

「手を触れないでくださいナ」
三重県埋蔵文化センターの学芸員が
箱から取り出した小さな土偶の片割れ
もう一つは　豆粒のような破片
二つ合わせると
頭　胸　腹になった
幼児の粘土細工みたい
一万年前の作品が　ぼくの前で
仰向けになった

「やーこんにちは」

目も耳も　口もない
へそ　らしい印が一つ
手足はない
乳房が　ぽっちゃり

土偶[*1]が出土したのは櫛田川の上流[*2]
二十一世紀を迎える少し前

文化センターを出て
マイカーで遺跡へ向かう
深い山あいがつづく
山容が　豊かに広がる

古代の人は川を遡って来たのだろうか

復元された竪穴住居が二つ
こんな狭いところで　何人が住んだのだろう
かかさんは困った
次から次と　沢山生んだ
次から次と　沢山死んだ
いのちを　どこまでつないだか
どこで　途切れたか
あの土偶は知っている

渓流が蛇行して
夕日が山にはねて
一万年の音を伝えている

＊1　縄文草創期の土偶、わが国最古に属す。
＊2　伊勢湾に注ぐ櫛田川の上流。

ハート型土偶*

まるいメン玉
大きな鼻

胸から腹へ　丹心の流れ
ヘソの穴は　音なしの風情

両の脚を踏んばって
顔は　ひょうきんで
口がないから

目がものを言う

男でもなし　女でもなし
こころを形にしたのか
耳がないから
ハートがたより

呪文なんて　目つきと形さ
おっとり　にょっきり
みんな安心したのだろう
そのハートの顔で

遊びごころに
呪力をのせて　ひとを呑む

四千年のむかし
すごい感性が輝いていた

マチス、ピカソに
ドカーンと　かましたかったよ
この形　この土偶

＊　ハート型土偶　縄文後期、群馬県郷原出土。

見つめる土偶*

立膝に　腕を組む
目は　一万年の時を鎮めて

口元は
未来へ向かっている

指は土をこねて　心を求めた
森が育んだ感性はやさしい

手首と足首に
柔らかい表情がのぞく

でも　負けてはならぬ
表情に厳しさがにじむ

頬にヒゲらしい線刻
背に力強い直線と　曲線の切込み

吊り上がった眉は
時の動きを見据える

五感が刻んだ小さな造形
腕組みに血潮がのこる

やがて　万年の木々がざわめいて
忽然と消えた　縄文の鼓動
風雪が閉じ込めた三千年

列島の湧水に
いのちの伏流をみる
生きている　流れている

＊　縄文後期後葉B.C.１３００年頃。青森県野面平遺跡「腕を組み座る土偶」。

うねる文様

星空は巨大な文様
万象を吸い込んで輝く
銀河と名づけ　天の川と名づけた
感性あふれる名前が
宇宙にきらめく

ホモ・サピエンスに宿ったこころ
縄文の火焔土器は　燃え立つ渦の表現
山の力　川の力を　粘土にこめた

雲は流れて　風の文様
川は流れて　水の文様
隆線・沈線を粘土に刻めば
おのが魂の文様

描きつづけて　造りつづけて
寄せては返すいのちの波動
風の音　水のひびきに
五感を磨いて

文字がなくても
銀河に己がこころを映し
生滅の神秘を胸に

文様に託した民のうた
五千年を経てなお
燃え立つ　縄文のうねり

火焔土器

地中の眠りから覚めて
うねる文様　焰のゆらめき
岡本太郎は　これを見て爆発した

信濃川の近くから出土した土器が
いま東京の博物館*に勢ぞろい
語りかける五千年の沈黙
見入っている人々

文様は　直線曲線　渦巻きS字

うねるうねる　うねって燃える
抽象が空間を支配して
心をゆさぶる

悠々と氾濫する信濃川
朝に夕に山の噴煙を眺めて
火焔の勢いを粘土に刻んだ

古人の息遣いは時空を超えてゆく

太郎が爆発してから
早や半世紀
縄文は　五千年の温みを伝えている

＊　2017・1・12、国学院大学博物館。

歓自在

太郎おちこち

一

万博のテーマ館
太陽の塔が屋根を貫く
天を突く異様な姿
お祭りが終わっても
大阪千里の丘には　べらぼうな作品が残った

半世紀たった今
あまたの作品群を蹴散らして　太郎がひとり
丘の森からニョキッと首を出し
宇宙と交信する
赤い太陽と黒い太陽の　波動は消えず
熱い彩りのメッセージを飛ばしつづける

——ふしぎな塔だろ
　歓びがあるだろ——

空が笑っている
世界の国へ　こんにちは　こんにちは

二

多摩に広い霊園があって
由緒ありそうな立派なお墓が並んでいる
ナムアミダブツ
少し奥まったところに
縄文土偶そっくりの丸い目ん玉が
この世を眺めている
愛嬌と迫力の偶像
頬杖をして
太郎[*1]が　ビュワーンと生きている
向い側には　一平とかの子[*2]の像が
親子の空間　あの世の風景

――冥土にも　午後のひと時があってね
　目が全開して　情熱が出入りするのさ――

過去と未来も出入りする
境界のない眼差し

＊1　太郎　岡本太郎。
＊2　一平とかの子　太郎の父と母。三者の墓標像はすべて生前の太郎作。

三

呪文を呟く「ノン」
正面からノン

恐ろしい歯並びでノン
真面目にノン
背後の森が共鳴する
ノン　ノン　ノン

キノコのお化けのよう
太郎が招いた火星人
鎮座する逆三角形の目
半開きの口と
鼻孔から　オーラを放って
胸の前で両掌を開いて　ノン

——ノンはウイだよ　自由だよ
　　呪文が聞こえるか——

ウイ　ウイ　ウイ
しっかりせよ人類諸君

四

白い香りが流れる森の片隅
女体の曲線が宙に伸びる
母から子へ
子から母への　歌が聞こえる
塔の上で歓びの踊りをおどる
黒い姿の青年たち
母と子のいのちの交信

向ヶ丘遊園の丘の上から
多摩川べりの　かの子文学碑に向かって
視線を送る「母の塔」
太郎に潜む情愛の表現
衝動ではない
爆発でもない
静かな想いが風に舞う

——情熱と自在の息吹
　　輝く私の母です——

文学碑のモニュメントは
しなやかな造形
空に向かってうねる　空がふるえる

清楚なエロのハーモニー

五

壁面に人骨がたぎっている
原子の火が炸裂して　燃え上がる魂
緊張の画面に　炎の舞
キノコ雲が流れる　火を噴く亡者の行列
赤黒　青白黄　原色のうねり
動物たちも逃げていく

渋谷駅構内の大壁画
世紀の大作を眺める人はほとんどいない

職場へいそぐ　家路をいそぐ
目と指は　スマートホンに前のめり
足はただただ　改札口へ向かう
芸術なんて　どこ吹く風よ

画面の左方に　赤い情熱がある
未来への希望がある

——心あれば　立ち止まって眺めてよ
　　人類の祈りだよ——

太郎　乾坤一擲の大作品
都会の雑踏に　孤独の色を添えている

六

飛翔するリボン
やわらかく優美な曲線は
あやしげな誘惑
白い姿態に
赤い裏地がちらつく苦悩
背景は黒一色　暗くはない
どこまでも透明　どこまでも無言

しかし　なにかしら怪しい
リボンに添えた一本の棒
これが　太郎の「空間」

柔らかく描いた斜めの棒が
こ憎らしい

Ⅱ

アイヌモシリ[1]

ルウンペ[2]
木綿地に絹と木綿の切伏
アイヌの文様は
民族の信念と祈り
神謡の民に
美しい深さがある

連続する文様はモチーフの繰り返し
抽象は　深遠の表現

アイヌの文化を育てたのは
東国と北国の風と雲
四季を彩る山川草木
クマとフクロウ

アイヌは　文字のない民族
アイヌ語を話す人はもういない
文明は　多様な言葉を消していく

アイヌの心は
切伏の文様に残った
ＤＮＡは　世代をこえて
薄まりながら　広がっていく
ルウンペを見てくれ

文様は　シンメトリー
光と闇を巻き込んで
無限に広がる

四季が育てた列島の文化
棘と渦巻きの文様に
アイヌモシリの響き
言葉は消えても
消えることのない　いのち

＊1　アイヌモシリ　人間の大地。
＊2　ルウンペ　木綿地に絹と木綿の切伏を施した晴れ着。

民の文様

抽象は場になじむ
台所の壁でも
美術館でも
野原に置いても
青い空や　海の上に翻っても

アイヌの刺繍は力強い
あの文様は　歓喜だ　孤独だ　悲しみだ
線は豊かにカーブしながら　とんがる

とんがって　つながって
つながって　永遠へ

アイヌ文様は　民族のもの
世界にとどろく抽象の美
切伏の刺繡は民のこころ
空に翻るとき
森の中で風にゆれるとき
熊送りのとき
アイヌの衣装は異彩を放つ

チカップ美恵子*さんは
アイヌの美を究めて逝った
民の祈りと誉れ

文様の神秘が
場をえらばず　輝いている

＊　チカップ美恵子（１９４８―２０１０）母（ふで）から刺繡の手ほどきを受けた。

仏頭*1

昭和の初め　修復工事の興福寺
薬師如来の台座の下に　閃光が走った

傷だらけの銅の仏頭が現れ
千年の闇を炙り出した
傷だらけの歴史の証し

自害した石川麻呂の無念が
時の皇子の背後に寄りそった鎌足の影が

山田寺から仏像を強奪した興福寺の無法が
　奇禍は　その後もつづいた

麻呂の鎮魂と世の安寧を祈る皇妃*2の想いに
仏師の心と技が応えた
白鳳の端正な目鼻立ち
口元の凛とした気品

傷跡が人の業《ごう》を語りつづける　でも
仏像をつくったやさしさが
残忍な歴史を　雲間にあずけて
すずやかな眼差しを生んだ

芸術はたおやかに

切れ長の眼が
遠くを見すえて　静かである
ふくよかな曲線に　時代の緊張を隠して

＊1　嫌疑の誤りを悟った中大兄皇子が、山田寺で自害した石川麻呂の鎮魂を志し、次の天武帝に至って、薬師如来像が造られ、山田寺に祀られた。その仏像の頭部。数奇な事件を経て、十五世紀に雷による火災で破損した。胴体の行方は知れない。
＊2　天武天皇の妃、後の持統天皇。

鬼ごころ　風ごころ

あの時　鐘は牛車で軍需工場へ
村びとは
かわりに　巨石を吊り上げた

鐘楼*にぶら下がった石
触れるのは　風だけ

誰も　石を撞《つ》かなかった
時は　止まったまま

石は　地球の重みに耐えた

住職は　朝夕　巨石をながめて
いつのまにか
娘から　婆さまになった

石の吐き出す念力が
宇宙に　広がってゆく
歳月をへて
悩みを　かいま見せながら

石の孤独に　そっと寄り添って
鬼さんが　一緒にぶら下がっている

風が吹く　黙って吹く
風よ　鬼さんに
ひとこと　声をかけて行け

＊　称名寺の鐘楼　長野県信濃町、住職は女性。

静寂

山門を入ると雨が激しくなった
本殿の軒下に佇む
雨に煙る広隆寺の境内は
人影のない静寂
素朴な空間が心に沁みる

ここに来たれば
歳月が此方へ打ち寄せて
飾りっ気のないたたずまいが

時間を止める

大和　山城　太秦　秦氏　聖徳太子
脳裏を横切る言葉が誘い出す
平安京の基点
日本の心を育んで　いま何想う

雨に煙っている

お堂の中　正面中央に
弥勒菩薩像がほほ笑んでいる
宗教を超えて
万民を包み込んで
すべては天啓の許にある

ここにおわす太子像
民へとどけと
無垢無言が　平和への道しるべ
希望の光を未来へ

仏像に見送られてお堂を出たら
雨はあがっていた
足元の濡れた砂利がほほ笑む
静けさを踏んで歩く

飛天

人は初めに線を描いた
ラスコーの洞窟に動物と人の姿を
アフリカの砂漠辺縁の岩場にも
石器時代の息づかいが
線描になって

芸術なんて言わないで
ただ岩場に刻み付けただけだ
希望であったか

祈りであったか
人類の遠い昔を語る

いつしか　線は
千変万化
雲を描き　波を　風を　雷を描き
龍を描き　鬼を描いて　人も描いた
天は描けなかった
天空は神さまだから

代わりに飛天を描いた　飛天は女性か
神に寄りそい　仏を助けて
妙なる衣をまとって飛翔する

描いた人よ
飛天に寄せた思いは何か

線は祈りだ　色はいらない
裳裾の線は
時を超えて翻る

千年の風

奈良は日本のへそ
風格が世界の人を呼ぶ
東大寺大仏殿の参道を来て
時の威風に立ちつくす

側道へ入れば　そこは大仏池
池の周囲　日差しに紅葉が柔らかい
「いのししに注意」
素朴な小さな立て札に戸惑う

防護の柵はない

木立の間から見下ろす池の周りに
鹿が群れている
アレッ！　いのししが一匹
鹿の傍を　のそのそ歩いている
夢かうつつか　仏の世界か

池の向こう側へ回れば正倉院
静寂の一角に　悠久の威容をみせる
木造は日本の心

あの頃
芸術の香りが　春日の地に萌え

天平の文様が人々を染めた

いま
朝に　五重塔が歳月を照らし
夕に　陰影を伸ばして
文明の音を奏でる

やすらぎの郷　日本のへそが
時空をこえて爽やかである
千年の風よ
山をこえ　海をこえて行け

Ⅲ

音の歳月

八月になると　不思議と
過ぎ去った昔の音が
耳の奥で再生する

ヒュルヒュル　ジャー　ドーン
至近弾　防空壕の中で
爆風に体が揺れた

地方都市にまで迫ってきた
日本殲滅の音

玉音放送……耐え難きを耐え………
みんな沈黙と虚脱
疎開先の田舎の家で　婆さんがひと言
――負けると思ぉとった

バンザイ　バンザイ　日の丸を振って
駅頭に見送った先生たち　帰っては来なかった

＊　＊　＊

復興の音は鉄道から
蒸気機関車は吠える　ボー　黒い煙もなんのその
走れ走れ　シュッシュ　シュッシュ

そんな時代のあとに
電化　自動化　高速化　情報化　化　化　化と忙しかった

歳月は人を待たず　病院の一室
——もう帰るの？——
かすかな母の声をあとにして　遠方の勤務地へ戻った
あと一日のことだったのに　休暇にすればよかったのに

音は消滅の灯《あかし》
あとしばらく　わが身の伴奏をするだろう
そして最後は　じぶんの骨がもえる音
すごい伴奏だろうな

時間《とき》の音色

過去の調《しら》べが
納屋の中に静まっている

薄暗い片隅の空気がうごいて
古い鍬が　蓑笠が　目を覚ます

気配を感じた鈍色《にびいろ》の時間
鍬に先人の残響が甦る

朝は　光が戸板から漏れてくるから
蓑笠が　かすかにゆれる
昼は　光が玄関先の松の樹に
年輪を刻んだ

夜は　星の空間
そこにある月は時間の影武者か
納屋を出て　分厚い扉を閉めるとき
手に伝わる過去の音

空は　秋から冬へ
雲が白い時間を運んでいる

松のひと言

木枯らしが　わしの脇を通り抜けて沖へ出ると
かもめがうなずく
砂浜の冬景色　人の気配はない
波の音は昔のままだ

黒松の群れは　歳を重ねた
眺めてきたよ　あんなこと　こんなこと
わしは　仲間の代表でな
胴回り四メートルにもなる

最近は話のわかる人間がすっかり減ってな
ときどき　おじさんが一人でやって来るので
いろいろ　お話すると
おじさんは黙って　わしの肩をたたいて帰っていく

昔の話だけど　ここ鼓ヶ浦*の浜辺は
夏が面白かった
わしの陰で　水着に着かえる男や女
すべて丸見えだ　松にも目があるでな

夜が来ると面白い
人間には　ドラマがあるらしい
ここは　密かな儀式に都合がいい

おじさん！　わかるかい？
貫一お宮ではないよ
ドキドキするよ

でも　夜の主役は　打ち寄せる波だよ

月明りに　きらきら輝く
いのちのふるさとが
太古の音を　伝えてくるよ

われら松の仲間は　老いてますます青く
三保の松原並みだよ
羽衣の天女は現れないけど

おじさん！　いつまでも達者で　な
海の青さに負けないで

＊　三重県鈴鹿市の海浜。

ホナラホナラ

太陽も月も
昼と夜を刻んでいる
地球は天にこたえて
季節を刻む

風は　海原を波立て
雲を　気ままにあやつって
通りすぎる

人は　コオロコオロと
生まれ出て　どこへ行くのか

いのちが
ホナラホナラとささやいて
一回きりの　時を泳ぐ

今をきざむ音は
トッ　トッ　トッ　と
身にせまる

過去は　もうない
今は　浮いたり沈んだり
ホナラホナラと忙しい

月のたわむれ

金環日食が
観測できる朝というのに
厚い雲がたれこめている

列島の広い範囲で
観測できる稀代のチャンス
はしゃいでいた大人も子供も
ついに　諦めてしまった

ところが　たまたま　草庵の窓から
空を仰ぐと　あらら…
少し　風が出てきたようだ
あれ　あっ　雲にほころびが
ほんのわずかな裂け目に
何と　太陽と月がたわむれている
うす雲のレースから
透けて見えるではないか

月がうごく　40秒　50秒　60秒
太陽にぴったりと身をあわせた
リングの輝き　でもリングの穴は
漆黒の月　ヴェールがゆれる

月の中心がずれていく　70秒　80秒……
黒々とした月のステップ　黒の旋律
雲もうごく　90秒　100秒……
あ　あぁ　割れ目が閉じた

ツクヨミノミコトからお達しがあった
――三十年たったら　また見せてあげる――
おおきに　おおきに　でも少し　にくらしい

音は流れる

管楽器は　生きもののように
情熱を吐き出す
歓びを叫び　哀しみを唄うのだ

サキソフォーンの
サム・テイラーにしびれる
男の性のうねりよ

フルートの音は

女の息づかい
アルルの女の胸のふくらみ

歌手は　千変万化に喉をあやつり
聞き手の心をふるわせる
たった一つの声帯の不思議よ

ルイ・アームストロングが流れるとき
すごいな　しわがれ声の魅力
寄せては返す

黒潮のうねりと大波
砂浜に心地よくほどけて
音は時間をつれて　流れてゆく

もののあはれ

生まれてより
ひそかに愛でられ
いつの間にやら
たのもしき姿になりぬ
しあはせと申すへし
イザナギノ命にあやかりて
人なみのつとめを果たせしが
はや月日をかさねて
衰へのきたる

げにあはれなり

わかき日に　田縣神社にまうでたる
ゆ快になりしが
この邑は

　　野も山もみなほほゑめり
　　田縣祭*　とか

いにしへひとの想ひつたはりぬ

まゆの白くなりたる
自然のことわり
世世にバトンを渡して　あんそくするへし

はや　色はにほはず
うづ潮のをさまりて　いとをかし
あさき夢みじ　よるふかし

＊　田縣神社　愛知県、男根を祭る。

無常のかたち

波が　砂浜に
栗色のひだを残して
引き返していく
ささやきながら
ぶつぶつ云いながら

波は
行き交う人のように
尽きることがない

足裏の砂がうごいて
アルファー波を伝えて
消えてゆく

やさしい風が
何もかも　穏やかにして
海は　至高の時を広げる
風が暴れると
波も咆える
静まるまで時をおけ

やがてまた
穏やかになって
海はどこまでも青く

白波は　静かに寄せて
いずこともなく
広い海へ帰っていく

凪には　戻るところはない

波は　千年も万年も
語り続けてきたのだろう
ひだをつくっては　消し
消しては　つくって

文明の写像

人はみな　運命をかかえて

皮膚の穴から汗を吹き出し
陰《ほと》から命を吹き出し
窩《か》腔《くう》に己を秘めて生きる
五感に　混沌はない

目の奥に欲望がうごめけば
口から災いが

耳から　猜疑が生まれて
世の混沌をつくりだす

いま　渋谷のスクランブル交差点が
旅行客の人気のスポット
混沌と秩序の交差

見惚れるほどの　見事な危うさ
高きより見下ろす旅人
動く影絵に見とれる

かのアジャンターの石窟*
仏弟子たちは　洞《ほこら》に
依代《よりしろ》を求めて　仏を刻んだ

東方へ広がった仏法
弘法さんも　円空さんも
洞窟のしじまに心を寄せた

今びとはスマホに心を委ね
今日も明日も　寄る辺のない
交差点を急ぐ

旅人は言葉をのんで
じっと眺める
依代がない文明の淵を

＊　インド中西部、谷間に残された石窟群。

時間

右手を高く振ったら
時間が動いた
左手でつかもうとしたら
スルリと逃げた

厄介なものだ

右足で空をけったら
ポーンと音がして時間がわれた

とたんに　左足がもつれて
予定がはじけた

どうしたものか

大空を見上げたら
千切れ雲がせわしい
そうか
時間と　オレは一体らしい
旅に出ようか
時間がいい顔になった

ゼロと永遠

生には起源があっても　死には起源がない
死はただ訪れるだけだ

人は死後の魂の永遠を願って
極楽浄土を描く　菩薩像を刻む

永遠なんてあるはずがない
地球だって　いずれ滅びる

あるとしたら　人間の頭脳が描く数理の世界
好きな数を　ゼロで割れば無限大

兆をこえ京《けい》をこえ　どこまでも　どこまでも
ゼロは無限を生みだす魔法の数字

それは　死が置き去る空間だ
ゼロが訪れたとき　永遠が始まる

ゼロは壮絶な空間だ

齣《こま》のあとさき

父も母も
しずかに出かけていった
割り切れなかった人生を
割り切った　そんな顔をして

アンズが花をつけて
めしべがふるえて
夏の光の中に
色づいて　実を落とす

去年もそうだった

いま　アジサイが花をつけ
ぼそぼそと　雨に濡れる
つかの間のひとこま
音は季節を駆けていく

新しくやって来た人は
はじめは無邪気に手を上げながら
やがて
割り切れない数の海を泳ぐ
どこへたどり着くか
視線はどこまで及ぶだろうか

孫が大学生になった
新しい世界に陽炎がゆらいで
楠が一本　突っ立っている

空《くう》

感無量って
言葉にならない
心の表現だね
ゼロも無量だし
無限も無量だし
仏の世界だね

先日　親しい友人の棺を見送った
過去は姿なく

感無量という言葉が
心に沈んだ

ずいぶん以前のことだが
自分の母を見送ったときは
なぜか心に空白が沁みた
時が止まったような

空白って空《くう》だよね
空《くう》って空《そら》の向こうだろうか
そこに在るのは　ゼロか無限か
でも　無量とはちがった

あの時　空《そら》は澄んでいて
静かだった

淡い混沌

冬の朝　布団の中
夢のかけらを追う

一筋の光の帯が
雨戸のすき間からしのび込み
部屋の空気を貫く
浮遊する粒子が　光とたわむれる

粒子は

過去を追って
未来を追って

切ない空間だから
光に甘えて
ゆるやかなブラウン運動
混沌は　自然の摂理

美しい方程式はないか

夢のかけらが
光の帯を外れて
心のひだに消える

微かにとどく
空気の動き
夢と現実を追って

どこまで行こうか

線描

小さな土版に文様が刻まれ
オーラを放つ　単純な線が
おおらかに力強い

太古に芽生えた心の表現
踊りと叫びが
リズムを育て
やがて描画の心が
地面に　岩場に　線を描いた

ものの形も文字も　線から生まれる
太い線　細い線　動きがあって
じっとしていない
直線の先はどこまでも伸びて
渦巻は永遠へ

マチスのデッサンを見る
女体が柔らかである
画布が揺らぐ
たった数本の線の仕業だ
線を描く　線を眺める

世は浮いたり沈んだり

平成という　令和という
線は字になり
線は絵になり
時を超えて語りつづける

朝

あけ放つ窓に
望む山並み
古来　万象を眺めて
輝く　朝ゆえの
無垢なこころ

宇宙はひずんでゆく永遠
みんなは自分の世界で求め合う

風が吹いて　雲が流れて

人は半径十メートルの自尊心
有限の時間を吸って不安である

万有引力とは
引き合う存在の力
ぼくにも小さな引力がある
今日の光に希望を託して

山並みは孤高の連けい
人は　山に向かって
おはようと呼びかける

朝ゆえに　山は応える
おはよう　と

あとがき

第二詩集『おじさんノォト』を上梓してから、早や七年が経ちました。今回その間の詩作品から主なところを選び出して詩集にまとめることとしました。年月が経って賞味期限が過ぎてはいないかなど、点検して編集してみました。

時は遡りますが、一九七〇年、万博が大阪で開催され、当時の勤務地、茨城県の神栖町から、家族を連れて遠く大阪千里の丘まで出かけました。岡本太郎の太陽の塔が、会場建屋の屋根を突き破って、世界に何かを発信しているような姿に違和感がありました。世評も芳しくなかったように思います。しかし、企業退職後、千里の丘の近くを走る電車の中から、この塔が丘の森の上に顔を出して、世界を睥睨しているかのごとき姿をみて、太郎の非凡な感性と思念が伝わってきて、改めて岡本太郎の作品に関心を寄せてみようと思うようになりました。

後年、太郎の著書『日本再発見』とか『私の現代芸術』を一読する機会を得ました。太郎の書物は縄文土偶を特別に取り立てて論じているわけではありません。土偶や火焔土器という見事な造形品をつくり出していた人達がいたということと、その作品が発する力に衝撃をうけて、「爆発」したのです。しかし、世は太郎の感受性に呼応するものではありませんでした。太陽の塔は物珍しさで評判にはなっても、当時一部の人を除いて多くは冷めて眺めていたと思われます。

太郎を追うがごとくに、日本の美を、縄文の系譜において語り継ぎ、幾多の著書を著していた人が詩人の宗左近でした。縄文の魂との交信を深める宗さんの民族史観・芸術観には心打たれるばかりでした。詩人としての非凡さはもちろんですが、美の源流への感性は溢れんばかりで、その著書にお目にかかれたのは幸いでした。ただこの話に、私がこれ以上深入りするのは適切ではありませんので、話を切りかえて、拙詩集への想いに触れさせていただきます。

ここ数年「人の時間」を詩に編みながら、これは容易ではないテーマであり、果たして詩になるかどうかも確信の持てるものでもなかったのですが、あまり難しく考えないことにして詩作を進めておりました。結果として私の詩の根っこに「時間」が存在し続けることとなりました。一方、もう十年以上前から、あちこち各地の土偶の実物に接して、その形、風貌、眼差し、文様などなど、古代の人たちの、すぐれて特異な造形感覚を感じて楽しんでおりました。幸いその折々に詩として書きとどめることができましたので、今回、「土偶の時間」としてまとめ、悠久を眺める土偶の眼差しを詩集に組み入れ、他方一個人の平凡な時間を言葉にとどめ、いのちの軌跡の一端として詩集後半に収めました。土偶の時間と人の時間を対比するものではありません。

宗左近さんは、その著書『日本美　縄文の系譜』の中で曰く、「闇の中の縄文は、さよなら、を言わない。縄文は闇の中から、おはよう、と言う」と。

今びとは毎朝、おはよう、と言います。「おはよう」と呼びかけるのは幸せです。縄文土偶の「おはよう」と、朝日に映える「おはよう」が、この列島の山や海に通底していることを『土偶の時間　人の時間』として詩集に託してみました。

「詩と思想研究会」の門をたたいて詩の世界に入門、以来十六年に亘ってご指導いただいた方々、日本詩人クラブの方々、ともに詩の合評をしあってきた同人の方々に心からお礼申し上げ、そして今回、出版に際して終始お世話をおかけしました土曜美術社出版販売社主、高木祐子様、装丁の労をいただきました高島鯉水子様に心からお礼申し上げます。

倉田武彦

■初出一覧

Ⅰ		
土偶の時間	「ノア」42号	2017年春
小さなひびき	「ノア」24号	2011年夏
尖石遺跡	「ノア」23号	2011年春
土版	「花」70号	2017年9月
火焰土器	「花」69号	2017年5月
＊		
歓自在　太郎おちこち	「まちだ詩話会」	2014年
Ⅱ		
アイヌモシリ	「花」50号	2011年1月
仏頭	「花」60号	2014年5月
鬼ごころ　風ごころ	『日本現代詩選36集』	2012年
静寂	「花」71号	2018年1月
飛天	「あらたま」9号	2020年11月
千年の風	「欅」6号	2019年4月
Ⅲ		
松のひと言	「さやえんどう」36号	2011年秋
ホナラホナラ	「欅」7号	2020年3月
月のたわむれ	「花」56号	2013年1月
もののあはれ	「ノア」36号	2015年夏
時間	「ノア」39号	2016年夏
ゼロと永遠	「欅」4号	2017年4月
齣のあとさき	「花」74号	2019年1月
淡い混沌	「千葉・無名の会」	2018年5月
線描	「花」76号	2019年9月

＊上記以外の作品は本書初出。

著者略歴

倉田武彦（くらた・たけひこ）

昭和10年　三重県鈴鹿市生まれ。
所　属　（社）日本詩人クラブ
　　　　詩の会「花」
　　　　「まちだ詩話会」
　　　　「ケヤキ自由詩の会」
　　　　「千葉・無名の会」
詩　集　2010年『風がさそう時』（土曜美術社出版販売）
　　　　2013年『おじさんノォト』（土曜美術社出版販売）

現住所　〒168-0081　東京都杉並区宮前 4-18-13

詩集　土《ど》偶《ぐう》の時《じ》間《かん》　人《ひと》の時《じ》間《かん》

発　行　二〇二〇年七月十五日

著　者　倉田武彦
装　丁　高島鯉水子
発行者　高木祐子
発行所　土曜美術社出版販売
〒162-0813　東京都新宿区東五軒町三―一〇
電　話　〇三―五二二九―〇七三〇
ＦＡＸ　〇三―五二二九―〇七三二
振　替　〇〇一六〇―九―七五六九〇九
印刷・製本　モリモト印刷
ISBN978-4-8120-2564-2　C0092